T'choupi

se baigne

Illustrations
de Thierry Courtin

Un personnage de Thierry Courtin
Couleurs : Sophie Courtin

Loi n° 49.956 du 16 juillet 1949
sur les publications destinées à la jeunesse.
© Éditions Nathan (Paris-France), 1998
ISBN : 978-2-09-202032-6
N° d'éditeur : 10166005
Dépot légal : mars 2010
Imprimé en Italie

T'choupi arrive à la plage
avec papa et maman.
Maman dit :
– Tiens T'choupi. Toi,
tu prends ton seau,
ta pelle et tes brassards.

– Ouf ! C'est trop lourd
pour moi ! dit T'choupi.
Je m'arrête ici.

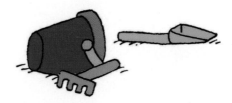

T'choupi est impatient.
– Alors papa, tu es prêt ?
On va se baigner.
– J'arrive, j'arrive.

Mais T'choupi est surpris.
– Ouh ! Elle est froide,
la mer. Attends-moi,
papa.

Papa entraîne T'choupi.
– Allez, viens T'choupi.
On va sauter dans
les vagues tous les deux.

– Non, non. Je ne veux pas y aller. Je retourne avec maman.

– Tu ne te baignes pas,
T'choupi ?
– Non ! Elle est trop froide,
et en plus, les vagues
sont trop grosses.

– Moi, je préfère
ma petite piscine.
Papa vient chercher
T'choupi :
– Allez, n'aie pas peur,
T'choupi. Tu vas voir,
on va bien s'amuser.

– Je veux bien y aller,
mais Doudou vient aussi.
– Ce n'est pas possible,
T'choupi, il va être
tout mouillé.
– Alors, c'est toi
qui viens, maman.

Hop là ! T'choupi saute par-dessus les vagues. Dans les bras de papa et maman, il n'a plus peur du tout !